Y²

**Bibliothéque Religieuse ,Morale, Littéraire**

POUR L'ENFANCE ET LA JEUNESSE

PUBLIÉE AVEC APPROBATION

DE Mgr L'ARCHEVÊQUE DE BORDEAUX.

# L'ORPHELIN

DU

# MONT SAINT-MICHEL

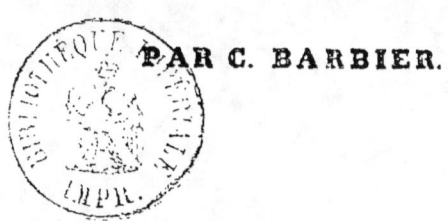

PAR C. BARBIER.

## LIMOGES

MARTIAL ARDANT FRÈRES, ÉDITEURS

Rue de la Terrasse.

—

1862

# L'ORPHELIN

## DU

# MONT SAINT-MICHEL.

∘∘ |⚙| ∘∘

## I

C'était sur le soir d'un beau jour de juin. Le ciel était pur et sans nuage. Le soleil,

« Ce roi brillant du jour se couchant dans sa gloire, »

le soleil s'ensevelissait dans des flots de pourpre, laissant après lui, sur la nappe azurée du vaste Océan, de longues traînées de feu et d'or.

Deux vieillards, à demi étendus sur le sable du rivage, contemplaient en silence cette scène imposante, ce spectacle magnifique qui, après qu'on l'a vu cent fois, émeut nos cœurs encore et inspire à l'âme la plus éloignée même de Dieu je ne sais quelle foi et quel amour. Qui pourrait rester insensible devant les grandes œuvres du Tout-Puissant !

Enfin l'un des deux vieillards, laissant échapper un profond soupir, rompit le silence après une demi-heure peut-être.

— Oh ! c'est beau, femme, c'est beau ! murmura-t-il. Rien de plus magnifique au monde, je le gage. On nous vante beaucoup Paris, mais Paris avec toutes ses merveilles...

— Allons, Nicolas, tu t'en vas comparer les ouvrages des hommes aux ouvrages du bon Dieu! interrompit vivement la bonne femme en se signant par trois fois, comme si son mari eût osé un blasphème.

— C'est ce que je dis, Mathurine ; cela ne peut entrer en comparaison.

Et le bonhomme, pour effacer sans doute ce que ses paroles avaient eu de choquant pour sa digne moitié, essaya la description du spectacle magnifique qu'il avait sous les yeux :

Devant lui, la mer étincelante comme si elle eût été couverte de diamants, de rubis, d'émeraudes, de topazes ; à l'horizon, des voiles de pourpre, les portes mystérieuses de l'Occident ; dans l'ombre, à l'extrême droite, les sombres donjons du mont

Saint-Michel avec leurs remparts de roc, leur immense banc de roc, sorte de piédestal plus imposant encore que le monument qu'il porte et que la marée basse laissait voir alors dans toute sa hauteur, dans toute son étendue.

— Et si nous tournons la tête, continua le brave homme, la scène change du tout au tout : quelques blanches falaises, mais des arbres, de la verdure, des fleurs, notre cabane...

— C'est beau aussi, mon homme ; mais la mer, la mer! C'est elle qui semble nous révéler par son immensité, par la puissance de ses ondes, l'immensité même de Dieu et la puissance du Créateur.

Les yeux de Mathurine se portèrent

de nouveau sur le vaste Océan , qu'elle contempla longtemps encore avec une indicible émotion. Elle était née, elle avait vécu sur ce rivage ; mais ces vagues qui s'étendent au-delà de la vue, ces vagues sans cesse murmurantes, blanchissantes , ces vagues si régulières dans leur retour , qu'elles semblent comme rouler en cadence , si capricieuses dans leur élan, qu'on n'en saurait mesurer la hauteur ; ces vagues puissantes et majestueuses captivent à tel point les regards , absorbent à tel point l'attention , commandent à tel point l'admiration , qu'on voudrait passer sa vie devant cette scène imposante, le chef-d'œuvre peut-être de la création.

Il se fit un long silence.

— C'est elle ! s'écria tout-à-coup Mathurine en saisissant le bras de son mari et en lui montrant de la main une

jeune femme qui gagnait le rivage à
cent pas environ de la cabane, et qui
s'avançait d'un pas ferme vers le sol
encore trempé d'eau que la mer venait
d'abandonner.

— Qui, elle?

— Eh bien! cette jeune femme dont
je t'ai parlé hier, et qui depuis trois
jours va au mont Saint-Michel chaque
fois que la marée est basse. Elle y va le
jour, elle doit y aller la nuit; tiens! je
le gagerais, Nicolas, avec ça que nous
sommes dans la pleine lune... Pauvre
malheureuse! peut-être que son mari
est prisonnier là-bas. Ah! s'il est prisonnier, elle a le temps de faire bien
des fois le pélerinage avant qu'on ne
le lui rende!

Et la bonne femme essuya tour-à-
tour, du revers de sa main et du coin

de son tablier, les grosses larmes qui perlaient dans ses yeux à demi éteints, et qui semblaient renaître sous ses doigts, plus abondantes et plus amères.

— Pauvre malheureuse! répéta-t-elle à plusieurs reprises; vrai, Nicolas, voilà comme j'irais pourtant, moi aussi, si l'on venait t'enlever de notre cabane pour t'enfermer dans le sombre donjon; mais, grâce à Dieu, notre pauvreté, notre obscurité, notre...

— Oui, femme, tu viendrais, murmura Nicolas avec des pleurs dans la voix et en pressant convulsivement dans ses mains calleuses les deux mains de la ménagère; tu viendrais, mais tu ne pourrais pas m'apporter un enfant comme la jeune femme en porte un à son homme.

—Un enfant? Jésus! Marie! la malheureuse a un enfant?

— Dis donc l'heureuse mère, Mathurine, puisqu'elle a un enfant.

— Non, elle n'est point heureuse si elle est séparée de son homme, à supposer qu'elle l'aime comme je t'aime, Nicolas.

— Pourtant tu aurais sacrifié deux maris comme moi pour conserver le pauvre petit que le bon Dieu nous avait donné et qu'il a si vite rappelé à lui.

— Non, mon homme, non; l'enfant était un ange, sa place était au ciel et non sur la terre, comme me l'a dit cent fois monsieur le curé. N'est-il pas heureux d'avoir passé du berceau à la tombe? Que de peines, que de fatigues, que d'angoisses, que de souffrances ne lui ont point été épargnées !

— C'est vrai, femme, mais j'eusse été si heureux de me voir revivre dans mon bien-aimé Joseph.

— Tu n'es pas raisonnable, Nicolas, dit encore la bonne femme en portant un long regard sur le vieillard et en voyant sur son visage pâle la trace de deux grosses larmes. Allons! dis avec moi : Que Dieu soit béni en toutes choses; et ne pense plus qu'à cette pauvre femme que je trouve deux fois malheureuse, et parce qu'elle est séparée sans doute du compagnon et du soutien de son existence, et parce qu'abandonnée seule au monde peut-être, elle a un enfant.

Nicolas répéta après Mathurine la prière admirable qu'elle lui avait suggérée : Que Dieu soit béni en toutes choses; mais il le dit des lèvres et non du cœur, et, essuyant les dernières larmes qui

gonflaient ses paupières à demi abaissées,
il reporta ses regards sur l'infortunée
qui marchait d'un pas rapide vers le
mont Saint-Michel.

— Mais la malheureuse ! la malheureuse ! cria-t-il aussitôt ; ne voilà-t-il
pas qu'elle quitte le petit sentier de
pierre tracé sur la terre ferme pour s'a-
venturer sur un sol qu'elle ne connaît
pas !

— La malheureuse! répéta Mathurine
en se signant pieusement et en élevant
à la fois les mains et les yeux
vers le ciel ; la malheureuse ! elle
ne sait pas... C'est pour abréger son
chemin... Mon Dieu! mon Dieu !
gardez-la, gardez-la comme vous l'avez
gardée hier, comme vous l'avez gardée
les jours précédents encore ; car elle a
dû faire la même chose, égarée par
l'angoisse de son pauvre cœur ou dans

son ignorance. Mon Dieu! gardez la mère : vous êtes le protecteur des veuves, et elle est veuve, puisque son homme est dans le terrible donjon dont nul peut-être jamais n'est sorti vivant... Gardez l'enfant : vous êtes le protecteur des orphelins, et l'enfant est orphelin, puisqu'il n'a plus de père..: Mon Dieu! mon Dieu!... Dis-moi, Nicolas, a-t-elle repris le sentier de pierre?... Je n'ose pas regarder pourtant!...

Mais Nicolas n'était plus là : il courait avec la rapidité d'un jeune homme malgré les soixante-dix ans qui pesaient sur sa tête; il courait, il volait au secours de l'infortunée : la charité ranime notre faiblesse, double nos forces, nous rend le courage et l'énergie.

— Madame, madame, criait-il en même temps; madame, hâtez-vous de regagner le sentier de pierre.

La bonne Mathurine, frappée d'effroi et abîmée dans sa prière touchante et naïve, la bonne Mathurine n'avait rien vu, rien entendu...

— Jésus! Marie! murmura-t-elle en tombant à genoux, Jésus! Marie! gardez-la, gardez-la... Marie, vous avez été mère... Jésus, vous avez été enfant... Jésus! Marie!...

Nicolas continuait à courir, à demi nu, car son surcot de laine l'embarrassant, il l'avait jeté loin de lui; il continuait à courir, mais trois cents pas encore peut-être le séparaient de la jeune femme qui poursuivait de son côté sa marche rapide en pressant son enfant contre son cœur; il continuait aussi à crier : Madame, le sentier de pierre, ou vous êtes perdue! Mais le vent qui soufflait avec violence de la mer au rivage, apportait ses paroles à

la bonne Mathurine sans qu'il en par-
vînt le moindre son à l'infortunée que
la mer menaçait à tout pas.

Nos jeunes lecteurs ont-ils entendu
parler des sables mouvants qui envi-
ronnent sur certains points le mont
Saint-Michel? Si l'on s'aventure sur ce
sol trompeur, c'en est fait.

Mathurine s'était relevée, s'était
avancée sur le rivage, et, les mains
toujours élevées vers le ciel, dans une
muette mais éloquente prière, le front
pâle et à demi glacé de terreur, elle
contemplait la malheureuse qui courait
à la mort. Ce mot seul expirait parfois
comme une plainte, comme un gémissement sur ses lèvres décolorées et
tremblantes : Gardez-la, gardez-la...

Mais sa prière, elle l'interrompit

bientôt; l'effroi ne lui laissa plus de pensée que pour la pauvre mère...

— Elle s'arrête! Mon Dieu! elle s'arrête! fit-elle avec épouvante. Elle s'arrête!... Ses pieds ont touché le seuil fatal... La malheureuse! Jésus! Marie!... Que d'efforts! quelle lutte pénible et affreuse... **Ah! la mort! la mort!**... Nicolas, mon homme, hâte-toi... Sauve la mère et son enfant...

Mathurine se tut, glacée de terreur, et le vent lui apporta soudain les cris déchirants de l'infortunée dont les genoux déjà avaient disparu dans les sables.

La bonne femme s'élança...

Que pouvait-elle?

Sentant bientôt son impuissance, elle

se laissa aller à deux genoux sur la rive, criant encore : Nicolas! Nicolas !

Nicolas faisait des efforts surhumains; mais, hélas! ses vieilles jambes ne le portaient plus qu'avec peine ; il tomba une fois, deux fois, trois fois... Il se trouvait alors à cent pas de la jeune femme; il lui disait : Courage, courage...

Aux cris plus affreux poussés par l'infortunée : Sauvez mon enfant, Mathurine jeta une fois encore les yeux sur cette scène d'épouvante : la malheureuse avait presque entièrement disparu dans l'abîme... Sa tête seule se voyait encore; mais, au-dessus de cette tête agonisante, deux bras s'élevaient, et, entre ces deux bras que l'amour maternel rendait forts, un enfant d'un an à peine s'agitait dans l'espace...

— Mon Dieu ! mon Dieu ! murmura sourdement Mathurine, et elle tomba sans vie le visage contre terre, les deux mains étendues comme pour embrasser la petite créature.

QUAND Mathurine rouvrit les yeux,
elle était couchée sur l'herbe fleurie
qui environnait la cabane, et le bon
Nicolas, le visage pâle et les yeux
rouges de pleurs, était prosterné à deux
genoux auprès d'elle.

— Femme, femme, voilà l'enfant que Dieu nous donne, dit-il en lui présentant l'orphelin qu'il avait arraché à la mort.

— C'est donc bien vrai ! Ce n'était donc point un rêve ! balbutia Mathurine en joignant les mains avec angoisse. Oh ! mon Dieu ! pauvre jeune mère ! Mon homme, a-t-elle compris au moins, avant de rendre le dernier soupir, que tu sauvais son enfant ?

— Je ne sais, hélas ! déjà les pieds de la pauvre petite créature touchaient le sol maudit ; déjà les bras de la mère se raidissaient dans les convulsions de la mort.

Mathurine se signa.

— Jésus, murmura-t-elle ensuite, donnez-lui votre saint Paradis, et que, du haut du ciel, elle voie l'autre père,

l'autre mère que dans votre infinie
miséricorde vous réserviez à son
enfant.

Le pêcheur dit *Amen,* se signa
comme l'avait fait la digne femme, et,
semblant oublier la scène horrible qui
venait d'avoir lieu, il se prit à sourire
à l'orphelin.

— Il y avait si longtemps, dit-il,
que je demandais à Dieu de nous
donner un autre Joseph ! Il a enfin
exaucé ma prière.

— Tais-toi, Nicolas, tais-toi ; tes
paroles me font mal. Si je ne connais-
sais ton bon cœur, je dirais que tu te
réjouis de la mort de la pauvre mère.

— Mais, femme, maintenant que je
suis père, continue le brave homme sans
écouter les paroles de sa compagne,
maintenant que je suis encore père,

plus de de ces vilains péchés de paresse que tu me reprochais ; plus de ces excès auxquels je me livrais si souvent pour oublier le chagrin de ne pouvoir laisser à un autre après moi le nom, la cabane et la barque de mes pères ; plus de ces jurons que tu disais si horribles et que tu ne pouvais entendre sans faire le signe de la croix. Je vais reprendre mes filets avec ardeur : je suis père, il faut que je pense à mon enfant. Oh ! je comprends bien mes devoirs, va ; je travaillerai pour agrandir l'héritage, et je serai meilleur afin que mon fils, mon Joseph, quand il aura l'intelligence, suive la voie du bien en marchant sur les pas de son père.

Mathurine bénit Dieu des bonnes résolutions qu'il inspirait à son mari ; elle savait que toute bonne pensée vient de Dieu.

— Mais, mon homme, dit-elle

après quelques minutes de pieuse méditation, l'enfant n'est point à nous, l'enfant n'est point à toi?

— Comment? point à moi! s'écria Nicolas en laissant échapper quelques-unes de ces odieuses paroles qui offensent Dieu et dégradent l'homme, et auxquelles il avait dit, un instant auparavant, renoncer pour toujours.

— Oh! pécheur endurci! murmura Mathurine, prends garde que le Seigneur ne te punisse en faisant du berceau un autre tombeau.

— Comment? point à moi! continua Nicolas sans prêter nulle attention à ce que disait sa femme; comment? point à moi! Et sans moi où serait l'innocent à l'heure qu'il est? Dire que déjà ses pauvres petits pieds, ses jolis pieds roses et blancs... Comment? point à moi! quand j'ai risqué ma vie pour

2

sauver la sienne ! Oh! je voudrais bien
voir qu'un autre vînt me le disputer !

— Et le pauvre malheureux du mont
Saint-Michel, veux-tu donc qu'il
perde à la fois sa femme et son enfant ?

Nicolas fit un geste d'impatience.

— Ecoute, mon homme, mon bon
Nicolas, dit Mathurine en prenant un
petit ton caressant, tu te souviens de
la nuit où l'âme de notre ange s'envola
de ce petit corps que nous contem-
plions avec tant d'admiration, que
nous chérissions avec tant de tendresse,
que nous entourions de soins si empres-
sés; eh bien! s'il t'avait fallu, en
même temps, voir expirer ta pauvre
Mathurine, dis, mon homme, dis,
quel eût été ton chagrin?

Nicolas essuya furtivement une larme,

et dit en caressant de nouveau l'orphelin :

— Tu ne me comprends pas, Mathurine ; les droits d'un père , c'est sacré, ça. Bien sûr que je rendrai l'enfant à celui qui me dira : C'est mon enfant. Mais qu'un étranger vienne me le disputer... Et, vois-tu , si son père est à Saint-Michel, on peut dire : Il est mort.

— C'est égal, reprit le brave homme après une petite pause, on ira demain à Saint-Michel, on y a un ami , et l'on connaîtra, si c'est possible, le père de l'enfant. On lui fera demander ce qu'il faut en faire. S'il agit d'un grand-père, d'une grand'mère, d'un frère ou d'une sœur, bon, bon ; mais si on tentait de me le ravir pour le donner à un autre étranger , donc ! le père Grisbout se mettrait un brin en colère et dirait :

S'il vit c'est que je l'ai sauvé, donc il m'appartient.

Cependant la femme du pêcheur examina plus soigneusement l'orphelin : c'était un joli petit garçon de dix ou douze mois, aux grands yeux noirs, à la bouche petite et mignonne, au front large et bien développé. Ses vêtements étaient couverts de broderies et garnis de riche dentelle; un médaillon pendait à son cou. Ce médaillon, d'or fin et orné de perles, portait sur ses deux faces une couronne de comte et renfermait une mèche de cheveux d'un noir d'ébène, et la plus délicieuse miniature de femme.

— C'est la mère de l'innocent, sans doute, murmura Mathurine en faisant toucher le portrait aux lèvres de l'enfant. Mourir quand on est si jeune et si belle, et surtout mourir d'une telle mort ! Enfin, c'est le bon Dieu qui le voulait ainsi ; car rien n'arrive dans ce bas monde que par son ordre ou sa permission.

Nicolas vérifia quelles initiales portait le linge.

— Un G et un J ! s'écria-t-il en frappant ses deux mains l'une contre l'autre et en riant d'un rire qui fit trembler Mathurine ; car il semblait à la bonne femme que chacune des paroles joyeuses qui échappaient à son mari insultait au malheur et à la mort de la pauvre jeune mère.

— Un G et un J...! Quand je te disais, femme, que le bon Dieu nous rendait un autre Joseph !... à savoir même si ce n'est point notre Joseph à nous, car le bon Dieu est puissant... Grisbout Joseph ou Joseph Grisbout, n'est-ce point la même chose ?

2..

L'honnête pêcheur avait nom Nicolas Grisbout. C'est un nom peu avenant peut-être ; mais on ne le prononçait qu'avec respect et vénération à plus de dix lieues à la ronde ; car les Grisbout, de père en fils , étaient estimés, depuis cinq générations , les plus honnêtes gens du pays.

Enfin l'enfant, le second Joseph, bien rassasié de bouillie de la façon du bon Nicolas lui-même, fut solennellement déposé dans le berceau du premier né resté vide pendant près de vingt ans.

Les deux vieillards s'agenouillèrent alors au pied de ce berceau chéri ; et , sous le poids d'une émotion invincible, élevèrent leur cœur à Dieu dans une muette prière. Cette prière fut mêlée de bien des larmes, larmes amères et consolantes à la fois.

Le premier sanglot échappa à la
pauvre mère...

Nicolas, qui semblait n'attendre que
ce signal, se mit à pousser de véritables
hurlements.

— Mais pourquoi pleurer, femme,
s'écria-t-il enfin d'une voix étranglée et
en essayant pourtant un gros rire,
pourquoi pleurer, puisque le bon Dieu
nous a rendu notre enfant?

## III

Douze ans après les événements que
nous venons de raconter, c'était fête au
hameau dont dépendait la pauvre
hutte de Nicolas Grisbout : c'était la
distribution des prix , véritable solen-
nité de famille au fond de nos campagnes.

Sous une vaste tente ornée de toutes parts de guirlandes de fleurs et de verdure, on avait élevé une sorte d'estrade à la décoration de laquelle avaient travaillé ceux dont le goût était le meilleur, l'œil le plus sûr, et la main plus habile.

Ainsi, l'humble sœur de charité née grande dame et devenue par choix maîtresse d'école, servante des pauvres et garde-malade; — c'est la charité, l'amour de Dieu et des hommes qui seul inspire de tels dévouements...;

Ainsi, la sœur de monsieur le curé, respectable veuve qui avait eu sa lourde part des peines en ce monde, et qui goûtait enfin quelque repos à l'ombre des autels;

Deux bonnes et saintes filles qui

avaient passé toute leur vie dans la pratique des plus aimables vertus, et qui achevaient leur pélerinage sur la terre, pressées l'une contre l'autre, la main dans la main, ne demandant rien autre chose à Dieu, en récompense de tant d'années d'épreuves et de fidélité, que de recevoir ensemble la couronne de gloire ;

Et puis le magister, le *savant*, comme l'on appelait au hameau maître Isidore Bernard ;

Et puis le sonneur. Le sonneur, au petit hameau de P..., était un grand homme... Qu'on ne confonde point *grand homme* et *homme grand*... Nous répétons : le sonneur, à P..., était un grand homme. On le nommait le *héros;* et ne méritait-il pas bien ce titre : Vieux soldat de l'empire, invalide, sept campagnes et la croix ! La cloche du hameau , c'était sa retraite , son bâton de maréchal ;

Et puis l'officier de santé , *le docteur* , s'il vous plaît, point de calomnie ; le docteur donc , pauvre arracheur de dents, coupeur de jambes et raccommodeur de têtes ;

Monsieur le curé enfin , monsieur le curé que nous nommons le dernier , parce qu'il avait dirigé en chef l'exécution de la petite merveille; monsieur le curé , bon vieillard , charitable entre tous , l'ami de ses ouailles, le soutien de la veuve , le père de l'orphelin.

Le grand jour était arrivé enfin, après deux semaines tout entières de préparatifs.

Nous épargnerons à nos jeunes lecteurs la description des ornements de

l'estrade : on ne peut douter de leur ma-
gnificence et de leur bon goût, puisque
l'on sait quelles mains avaient parachevé
l'œuvre. Mais nous dirons qu'au moment
solennel se trouvaient réunis, sur l'estrade et autour d'une table surchargée
de livres et de couronnes, le bon curé
que son caractère sacré, ses vertus et
ses cheveux blancs faisaient le président
de la fête ; le maire du hameau, homme
de sens et d'esprit, saint et vertueux,
mais qui ne savait pas lire ; l'adjoint,
qui lisait passablement pour deux et
qui ne cédait à son maire ni en esprit,
ni en piété, ni en vertu ; le docteur, le
héros, le savant et la sœur.

A l'extrême droite et à côté du héros,
on voyait un vieillard dans une sorte de
chaise roulante, de petite voiture à
ressorts. Ce vieillard au front couronné de cheveux blancs semblait
renaître en contemplant les enfants du
hameau groupés à ses pieds sur les

degrés de l'estrade, et attendant avec une anxiété qu'on ne saurait dire, bien que chacun dût être récompensé selon ses œuvres et que la conscience parlât en secret à tous ces petits cœurs, le résultat des examens subis trois jours durant devant les autorités constituées de la commune.

Mais revenons à notre vieil infirme, car nous voulons dire à nos jeunes lecteurs le large sourire qui ne quittait point ses lèvres, le bonheur qui rayonnait sur son front chargé de rides, la joie qui brillait dans ses grands yeux bleus...

Le digne curé voulut laisser la place d'honneur au vieillard;... le vieillard était le doyen du hameau... Le brave homme s'en excusa, et, sur les instances réitérées du bon prêtre :

— Non, monsieur le curé, non, s'écria-t-il, vous êtes le père de tous, et

moi je ne suis le père que d'un seul, le
père de mon...

Un murmure d'applaudissements
interrompit le vieillard.

— Mais si celui-là est le héros de la
fête, reprit l'aimable ecclésiastique
avec un sourire, n'appartient-il pas à
son père d'en être le président?

L'infirme enfonça son large front
dans ses mains calleuses et tremblantes.

— S'il est le héros de la fête, dit-il,
je ne pourrai penser qu'à lui, et j'ai
besoin de silence et de recueillement
pour jouir de son triomphe et de mon
bonheur.

Le digne homme ne releva point la
tête, et le bon curé n'osant troubler les
douces espérances qui caressaient, sans
doute, le cœur du respectable père,

n'insista plus, s'assit dans le fauteuil rouge à croissants d'or, et la cérémonie commença.

Une discordante symphonie mais d'autant plus délicieuse aux oreilles peu délicates des bons habitants de P... que, pour la plupart de ces braves gens, le concert, ce jour-là, était une surprise ménagée par monsieur le maire à ses administrés, une discordante symphonie donc retentit sous la petite tente de lin et de verdure, aux applaudissements et aux bravos de tous.

Exécutants : les deux aveugles du hameau, musiciens ordinaires des noces et des rondes du dimanche, à savoir, une flûte et un violon... Mais, s'étaien joints à l'orchestre, sans y avoir été invités, et donc pour la plus grande gloire des lauréats du jour et le plus grand plaisir des habitants de la commune, le trompette du régiment en

garnison dans la ville voisine et le serpent de la paroisse.

On était transporté ; à chaque point
d'orgue , vivats , bravos et trépignements.

— Il manque quelque chose , se dit
le vieux grognard de la vieille armée.

Il descendit de l'estrade.

Quelques instants après , les cloches
de P... tintaient sous sa direction habile
le plus joyeux carillon.

— C'est un beau jour ! dit l'homme
de Dieu en donnant , après une demi-
heure environ de tintamarre , le signal
des derniers accords du grand air
patriotique exécuté par nos quatre musiciens , nous dirions mieux nos cinq
musiciens , car , du haut de son clo-
cher , le héros pouvait suffisamment

apprécier les rondes, les blanches, les
noires, voire les doubles-croches, et,
il faut rendre justice et honneur à
son talent, il carillonnait à l'unisson.

— C'est un beau jour! répétèrent
simultanément monsieur l'adjoint et
monsieur le maire; et, fidèle écho de
toutes ces voix joyeuses, un son
guttural retentit à l'extrême droite de
l'estrade, son qui semblait sortir de la
tête ou des mains de notre vénérable
infirme, ou de la tête et des mains à la
fois, car mains et tête étaient restées
adhérentes depuis les paroles indis-
crètes échappées au bon curé; ce son
redit : C'est un beau jour !

Monsieur le curé fit un discours en
trois points comme il avait coutume
pour ses sermons : au premier point
il flétrit la paresse; au second il exalte
le travail; au troisième, il parle d'un

enfant de la commune qui, par sa bonne conduite et son amour pour l'étude, méritait d'être proposé comme modèle à tous ses jeunes condisciples.

— Cet enfant, continue le bon prêtre, cet enfant si pieux et si bon, si sage et si vertueux, cet enfant n'est autre que...

Cent voix, deux cents voix, cinq cents voix, car toute la petite population de P... se pressait sous la tente ou aux abords de la tente, et P... comptait alors de cinq à six cents habitants; cinq cents voix couvrirent la voix de l'homme de Dieu et toutes proclamèrent avec des bravos et des trépignements le nom de Joseph Grisbout !...

Alors l'infirme releva la tête, étendit les bras, et chacun put voir son front devenu livide à force de pâleur, ses lèvres blémissantes et pourtant entr'ouvertes encore par un sourire, ses yeux noyés de larmes.

Tous les regards se portèrent du modeste enfant qui recueillait à genoux, la tête inclinée et les mains jointes, les bénédictions de tous ceux du hameau, au père dont les vieux jours étaient de si heureux jours ; mais Nicolas Grisbout — le bon vieillard n'était autre que notre honnête pêcheur, — Nicolas Grisbout referma les bras, rejoignit les mains et inclina de nouveau sa tête sur sa poitrine gonflée de sanglots.

— Oui, Joseph Grisbout, répéta le digne curé quand le silence fut à demi rétabli, ou plutôt simplement Joseph...

Les cinq cents voix répétèrent : Joseph Grisbout ! Nicolas mérite bien de donner son nom à celui qu'il a fait si bon et si sage.

— Alors donc, reprit le saint prêtre,

à Joseph Grisbout le prix d'honneur, donné par Sa Majesté le roi des Français Louis-Philippe I<sup>er</sup>...

Joseph Grisbout s'avança aux applaudissements de ses camarades et de la multitude, et au son de tous les instruments, car flûte, violon, trompette et serpent voulurent célébrer le triomphe de l'orphelin.

Les cloches seules ne furent point mises en branle, mais le vieux grognard murmura entre ses dents : Si je suis un brin curieux, Joseph ne perdra point pour attendre, et je l'endormirai au bruit du plus beau carillon de mes gentilles sonnettes. Sonnettes était le nom d'amitié que, dans ses jours de onne humeur, le héros donnait à ses cloches.

Joseph Grisbout s'avança donc...

3..

Joseph Grisbout était alors un garçon de douze à treize ans, beau comme nous l'avons vu dans le berceau du premier né au jour de l'adoption; une douce joie brillait dans son regard et rayonnait sur son front en même temps que des pleurs silencieux sillonnaient ses joues pâlies soudain en face de tant de bonheur.

La religion devait consacrer le premier laurier : ce fut le bon curé qui déposa la couronne à feuilles d'or sur la tête inclinée de l'enfant, et qui étendit sur cette tête si chère ses mains bénissantes.

Des pieds du prêtre, Joseph se précipita à ceux de son père, et, ne voulant point troubler le pieux recueillement du vieillard, il posa silencieusement sa couronne sur les cheveux blancs du pêcheur.

Nicolas tressaillit mais ne parla point.

Le curé continua :

— Ecriture :

Joseph Grisbout...

— Lecture :

Joseph Grisbout...

— Ortographe,

— Calcul,

— Géographie,

— Histoire, etc...

Joseph Grisbout ! Joseph Grisbout...

Et encore Joseph Grisbout, et toujours Joseph Grisbout !

Joseph Grisbout n'avait que le temps de déposer à la hâte sa couronne sur la tête de son père pour venir recevoir une autre couronne.

Son nom fut applaudi jusqu'à neuf fois.

Alors, au milieu des bénédictions qui s'élevaient de toutes parts, retentit une plainte amère, un long gémissement, et une femme s'appuyant sur deux bâtons à la fois, gravit péniblement les degrés de l'estrade et se traîna près du vieillard avec ces cris déchirants :

— Assez, assez, je vous en conjure au nom du bon Dieu, au nom de la bonne Vierge... Mon homme ! Mon pauvre homme ! Vous allez me le tuer.

La bonne femme, on l'a nommée déjà, c'était notre bonne Mathurine...

Elle écarte les lauriers sous lesquels était comme enseveli son cher Nicolas.

Nicolas avait la pâleur et la raideur du cadavre...

Le docteur accourut.

— Sois tranquille, Mathurine, dit-il, on ne meurt pas de joie.

En effet, après quelques minutes, le pêcheur inondé des larmes de son enfant, bénissait l'orphelin, bénissait les couronnes, remerciait Dieu et répétait avec des larmes et des rires : C'est un beau jour ! c'est un beau jour !...

## IV

La nuit qui suivit la distribution des prix, on ne dormit guère dans la pauvre hutte du rivage.

Cette hutte se composait de deux pièces : la *maison*, comme l'on dit dans

les campagnes, c'est-à-dire l'appartement dans lequel se trouve la porte
d'entrée et qui sert tout à la fois de
cuisine, de salle à manger et de lieu de
réception ; et la *chambre*, la pièce du
fond, réservée au père et à la mère.

Notre Joseph, qui couchait dans la
maison sur un bon lit pliant que
Nicolas avait acheté à la ville, et que
Mathurine étendait chaque soir, notre
Joseph tout troublé par les succès du
jour, succombant de fatigue et appelant
en vain le sommeil à son aide, sortit
sans bruit et alla repasser dans son
cœur, au clair de la lune et sur les
rives de l'Océan, les scènes délicieuses
de la journée.

Il était heureux au-delà de toute
expression ; mais l'orgueil n'entrait
pour rien dans sa joie : il ne se recon-
naissait qu'un mérite, celui de la doci-
lité aux conseils de son père et du

digne magister ; or , la soumission n'est
point un mérite , c'est un devoir , et il
le savait bien. S'il avait mieux réussi
dans ses études que ses jeunes condisciples , c'est que le bon Dieu lui avait
donné plus d'intelligence , et voilà tout.
Comment eût-il pu être fier de ces
triomphes ?

Peut-être que ces réflexions du fils
adoptif de Nicolas sont pour nous tous
une bien utile leçon : combien se croient
quelque chose quand ils ne sont rien ,
et que la moindre louange gonfle d'orgueil !

Si Joseph était heureux qu'on eût
couronné ses efforts dans le bien et dans
la science , ce n'était point pour lui ,
c'était pour les vieillards respectables
qui l'avaient recueilli , misérable
orphelin , qui l'avaient aimé avec tant
de désintéressement et de tendresse ,
qui s'étaient consumés pour lui en tra-
vaux pénibles et incessants.

Il les repassait dans sa mémoire, ces jours où le bon Nicolas, perclus de douleurs, mais se traînant encore, partait dès le grand matin dans sa pauvre barque, *la Joliette*, et ne revenait que le soir, quelquefois mouillé jusqu'aux os et succombant de fatigue et de besoin ; il les repassait dans sa mémoire, ces heures affreuses de la tempête, heures pendant lesquelles Mathurine restait prosternée devant le crucifix de bois et la vierge de plâtre qui ornait la cabane, conjurant le Sauveur et Notre-Dame-de-Bon-Secours de garder son pauvre Nicolas.

Et c'était pour lui, pour lui seul, enfant d'adoption, tous ces périls affrontés, toutes ces angoisses de cœur !

Aurait-il jamais pour les deux vieillards assez de tendresse, assez de reconnaissance ?...

Après avoir donné à Nicolas et à sa femme une large part dans ses souvenirs, Joseph reporta sa pensée vers des jours plus anciens encore, et songea à son véritable père, à sa véritable mère... Si Nicolas et Mathurine avaient pour lui tant d'affection, tant de dévouement, quels seraient donc le dévouement et l'affection de ceux qui lui avaient donné la vie, s'il lui était jamais donné de les connaître...

La méditation du passé et du présent conduisirent tout naturellement l'enfant à l'avenir.

L'avenir, que serait-il pour lui?

Passerait-il trois quarts de sa vie balancé dans une frêle coquille sur les flots tumultueux de l'Océan, comme avait fait Nicolas, comme avaient fait de tout temps les Grisbout? Dirigerait-

il, après maître Isidore Bernard, la
petite école du hameau, comme le
pêcheur en avait quelquefois manisfesté
le désir? Monterait-il, enfin, après le
igne curé, dans la chaire de la petite
église? Son cœur battait à cette pensée;
mais il fallait être si vertueux et si saint
pour annoncer dignement un Dieu de
toute justice et de toute sainteté!

Les réflexions de l'orphelin se termi-
nèrent par une longue et ardente
prière. Il s'agenouilla sur le rivage et
pria pour ceux qui n'étaient plus, pour
ses parents d'adoption, pour lui-même.
Pour le père et la mère tant aimés, il
demanda l'éternel repos; pour le bon
pêcheur et pour Mathurine, de longs et
heureux jours; pour lui-même la
sagesse...

Le roi Salomon avait demandé la
sagesse, et le Seigneur, en lui donnant

la sagesse, lui avait donné tous les autres biens.

— Faites de moi tout ce que vous voudrez, mon Dieu, répétait le brave enfant dans la ferveur de son âme; mais prêtre, magister ou pêcheur, je n'oublierai jamais le grand devoir de la reconnaissance, et je consacrerai ma vie toute entière à ceux qui ont eu pitié de ma faiblesse et de mon abandon.

Le sommeil qui avait fui les yeux de l'heureux lauréat dans la petite cabane du pêcheur, les vint appesantir sur les sables du rivage. La fraîcheur de la nuit, le calme majestueux de la nature, le bruit monotone et régulier des flots, ces teintes douces que produit la lutte mystérieuse des ténèbres et des rayons argentés de la lune, cette aimable quiétude que nous apporte la méditation et la prière, tout invitait l'enfant au repos.

Il fit quelques pas vers la chaumière, puis il revint au lieu où il avait prié.

— J'étouffais dans la hutte, dit-il ; l'amour et la reconnaissance pour les bon vieillards, la joie et le bonheur de mes couronnes absorbent à tel point mon pauvre cœur !...

Il s'étendit sur le sable, posa les bras en croix sur sa poitrine et s'endormit en souriant, car il lui semblait voir Nicolas, le bon Nicolas, qui le bénissait comme il l'avait béni, surchargé de lauriers, sur l'estrade de la distribution des prix.

Pendant ce temps, Grisbout et sa femme, partageant la même couche dans l'endroit le plus retiré et le plus sombre de la *chambre*, causaient bien bas de crainte que l'orphelin ne vînt à surprendre leurs paroles ; ils parlaient encore des sables mouvants et de la pauvre jeune femme, du mont Saint-Michel et du père de l'orphelin.

— C'est évident, femme, disait Nicolas, personne ne nous demandera jamais Joseph ; douze ans ont maintenant passé depuis tout cela. Le père n'était point au donjon. La semaine de l'accident, Jérôme, le porte-clefs, me l'a bien affirmé ; et qui le pouvait mieux savoir que Jérôme ? La semaine de l'accident, et, depuis plus d'un an, il n'était entré à Saint-Michel qu'un pauvre vieillard octogénaire qu'on nommait le marquis Frédéric de Z... Il est vrai que le marquis avait l'habitude de se tenir à la fenêtre, et qu'on a remarqué qu'il ne quittait point ses barreaux de fer quand la marée était basse ; mais un homme de quatre-vingts ans pouvait-il être le père de la petite créature ? Le brave homme n'a vécu que trois jours dans la captivité, il était mort le matin du fatal jour. On dit qu'il répétait en expirant : Mon Amélie, mon Amélie... Le docteur lui-même ne savait rien de sa famille. Tu sais combien ont été actives nos démarches pendant ces douze ans. Maintenant que nous avons accompli en tout point notre devoir, nous pouvons considérer l'enfant comme bien à nous. Quand je te disais que le bon Dieu nous donnait un autre Joseph! Et, tiens, femme, à toi à qui je ne cache rien, j'avouerai ma faiblesse : j'ai bien désiré retrouver la famille de notre fils ; mais maintenant j'ai presque peur qu'un autre que moi puisse dire : Je suis son père... S'il me fallait perdre mon enfant à l'heure qu'il est, j'en mourrais de chagrin !... Chaque jour cependant je demande au bon Dieu que Joseph ne soit plus un pauvre enfant sans nom ; mais j'ajoute comme malgré moi : Mon Dieu, faites mourir le vieux père d'adoption avant de lui enlever son enfant.

— Allons, mon homme, sois donc plus raisonnable et ne t'en va plus répéter une telle prière... C'est être égoïste, vois-tu, Nicolas : si tu t'en allais et que Joseph s'en allât, qu'adviendrait-il de la pauvre Mathurine?

— Sois tranquille, femme, douze ans ont passé; l'enfant est à nous.

— Tu me promets de ne plus demander à mourir...

— Que je demande ou que je ne demande pas, il n'en arrivera que ce que le bon Dieu voudra; mais je ne puis m'empêcher de penser que ne plus voir Joseph, ne plus le nommer mon fils, serait pour moi la mort. Encore une fois, femme, ne crains riens, l'enfant est à nous.

4

— Que la volonté du bon Dieu soit faite en toutes choses ! dit Mathurine en se signant : mais m'est avis qu'il faut penser à l'avenir du cher petit, qu'il soit toujours notre enfant ou non. Ecoute, mon homme, tu dis que c'est un second Joseph... C'est bien : du premier Joseph nous eussions fait un pêcheur; c'était un Grisbout, et les Grisbout, de père en fils depuis des siècles, sont pêcheurs. Du second Joseph, qu'en feras-tu? Tiens, il me semble que ce serait contre notre devoir d'en faire ce que nous eussions fait du premier né; car, enfin...

— Qui te parle de cela, femme? Non, Joseph ne sera jamais pêcheur; il courrait trop de dangers.

— Et sa mère et sa femme auraient trop d'angoisses, murmura Mathurine en essuyant une larme du revers de sa main.

— Ce que j'en ferai? continua le vieillard; à te dire vrai, je n'en sais rien; mais je veux en faire quelque chose de *grand*. Joseph n'est point un enfant ordinaire : la journée d'aujourd'hui l'a bien prouvé. Il a un esprit, vois-tu...

— Et un cœur!...

# V

Le soleil sortait à peine des flots d'or, de feu et de pourpre qui, à l'aube naissante, inondent l'orient, qu'un étranger se promenait déjà sur le rivage, non loin de la chaumière de Nicolas Grisbout.

4..

C'était un homme d'une cinquantaine
d'années environ, au visage pâle et
mélancolique. Ses manières élégantes
et sa mise recherchée annonçaient un
personnage de distinction.

Il marchait à pas lents, la tête inclinée vers la terre, et paraissait absorbé
dans la plus grave méditation. Parfois
il s'arrêtait comme incertain du chemin qu'il devait suivre. Mais alors il
attachait un long regard sur les sombres tours du mont Saint-Michel, et tout
son être prenait une indéfinissable
expression de tristesse, de souffrance
et d'horreur.

Il parlait à demi voix, et qui eût
passé près de lui eût pu surprendre quelques-uns de ces mots sans
suite qui lui échappaient à tout instant :

— Lui !... qui l'aurait cru ?... C'est

impossible... Conspiration... Au milieu
d'une fête, condamné sans jugement...
transporté secrètement dans une prison
d'Etat... Et Robert m'a dit que ce
n'était qu'à force d'or et après les démarches les plus humiliantes qu'Amélie
avait pu savoir ce qu'ils avaient fait de
son père... Alors Robert lui-même a
perdu ses traces... Je sais son bon
cœur, moi, son amour filial, et je
suppose son dévouement... Mais non,
les portes de fer n'ont pu se fermer sur
une jeune femme et son enfant... Sur
une femme, une faible femme, une
femme innocente... Hélas ! le marquis
aussi était innocent, et ils lui ont ravi la
liberté... O Amélie, Amélie, où es-
tu ?... Et ton fils, mon Gustave, qu'en
as-tu fait?... Amélie, si tu n'es plus de
ce monde, que ton ombre m'apparaisse
donc sur ces rivages que tu as parcourus,
sans doute, puisque ton père était au
donjon ; ton ombre, ta chère ombre !...

Et le malheureux poursuivait sa

route sur le rivage, ne regardant ni la
mer qui s'étendait majestueuse à sa
droite; ni au-delà de la grève et des
rocs, la belle nature qui lui souriait
vers la gauche; il poursuivait sa route,
ne voyant rien du mont Saint-Michel,
qui dressait jusque dans les nues sès
horribles donjons.

Tout-à-coup il heurta un corps dur
qu'il prit pour une pierre, et pourtant
il s'arrêta et porta les yeux sur l'obsta-
cle qu'il rencontrait.

Ce corps dur, c'étaient les souliers
qui chaussaient un enfant. L'enfant,
c'était notre Joseph, que les feux du
matin n'avaient point éveillé, et qui
était enseveli encore dans le plus profond sommeil.

— Gustave!... Mon fils!... Mon
enfant!... s'écria l'étranger en se laissant aller à deux genoux près du fils

d'adoption et en joignant les mains
avec angoisse : Amélie, est-ce toi?...
Est-ce ton ombre qui m'apparaît sur
ces lointains rivages que tant de fois,
sans doute, tu as baignés de tes
pleurs?... Oui, c'est bien ton beau
front calme et pur... Oui, ce sont tes
paupières charmantes, tes longs cils
abaissés : telle tu étais dans le sommeil... C'est bien le nez aquilin de tous
ceux de ta race, ta bouche mignonne
et gracieuse... Amélie!... Amélie!...
Et tu m'apparais sous les traits d'un
enfant, sous les traits de ton fils.
O trop malheureuse mère!... Mais,
non, ce n'est point un spectre, ce n'est
point une ombre... Elle vit!... Il vit!
Oui, sa poitrine se soulève, son cœur
bat, il respire... Il sourit! O mon
Dieu! il sourit... Que son sourire est
beau! Ainsi souriait mon Amélie...
Gustave, mon fils, mon enfant, qu'as-
tu fait de ta mère?...

L'étranger n'était plus qu'un pauvre insensé !

Ainsi une joie vive ou une grande douleur éteint ou obscurcit pour un instant, et quelquefois pour toujours, ce feu sacré, flambeau mystérieux et mystique que Dieu a donné à l'homme pour l'éclairer et le conduire, et que l'on nomme la raison, l'intelligence. Que l'homme est donc à la fois grand et peu de chose ! grand quand il jouit pleinement des admirables facultés dont le Créateur l'a doué : il est alors la véritable image du Tout-Puissant, si ses facultés s'évanouissent, chétif et misérable, il n'a plus que des instincts qui le rapprochent de la brute.

Répétant cent et une fois le nom de Gustave, le nom chéri de Gustave, l'étranger, penché sur le petit dormeur, pressait fortement les mains de l'enfant dans ses mains brûlantes de fièvre et tremblantes d'émotion.

Joseph s'éveilla en souriant, croyant sourire à Mathurine qui, chaque matin, l'éveillait avec des caresses.

— Mère, fit-il comme il avait coutume, mère, bénis ton enfant.

— Qu'as-tu dit? qu'as-tu dit? murmura l'étranger. Oh! que sa voix est douce et belle : telle la voix de mon enfant; viens que je te presse sur mon cœur de père, et conduis-moi dans les bras de celle qui t'a donné la vie. Oh! hâte-toi, hâte-toi... Sache donc que douze ans ont passé depuis que je n'ai vu son sourire, depuis que ma main n'a touché sa main...

Joseph comprit que le délire troublait les sens de l'infortuné. Il l'entraîna dans la cabane, et l'étranger obéit comme un enfant.

Peu de mots retracèrent au pêcheur et à sa femme la scène qui venait d'avoir lieu...

— Si c'était lui ! murmura à voix basse Mathurine en joignant les mains et en se détournant pour dérober à Nicolas et à son fils les pleurs qui inondaient son visage. Si c'était lui ! si c'était le père de notre enfant !... Jésus ! Marie ! ayez pitié de mon pauvre cher homme... Ah ! s'il faut que l'orphelin lui soit enlevé à cette heure, il vient de me le dire, il en mourrait.

— Il est fou, et pourtant c'est lui, quelque chose me le dit tout bas, disait Nicolas en tenant son cœur à deux mains ; car la joie et la douleur l'oppressaient à la fois : la joie de voir enfin à son fils un autre protecteur, la douleur de perdre son enfant.

Mathurine fit étendre l'étranger sur la couche et lui prodigua les soins les plus touchants.

Le délire continuait, le pauvre homme pressant sans cesse l'enfant dans ses bras et sur son cœur, le nommait tout-à-tour Amélie et Gustave, et souvent Gustave et Amélie tout à la fois. Nicolas effrayé fit appeler le docteur.

Pendant ces deux grands jours le docteur lui-même ne put affirmer si c'était folie, si c'était délire.

Le troisième jour enfin le malade fut plus calme. Il dormit quelques heures.

Il était sauvé !...

# V

Huit jours après, l'étranger, qui s'était fait connaître sous le nom de comte de Zaniatowski, était assis sur le rivage dans le grand fauteuil de notre bon Nicolas. Il était en pleine convalescence. Sa raison n'avait nulle-

ment souffert du choc violent qu'elle
avait éprouvé ; mais une amère expression de tristesse était peinte toujours
sur ce visage amaigri, et souvent une
larme brillait dans son œil noir et
mélancolique.

Nicolas Grisbout était auprès du
comte dans sa chaise roulante ; Mathurine filait au rouet ; à quelque pas, et
à demi prosterné aux pieds du vieillard,
Joseph feuilletait l'un des livres qui
lui avaient été décernés en récompense
au jour de la distribution des prix.

— Mes amis, comment vous remer-
cier ? disait le comte ; jamais je ne
pourrai acquitter la grande dette de
reconnaissance que j'ai contractée
envers vous.

— Ne parlez pas de cela, murmura
Nicolas : le bienfait porte toujours

avec lui sa récompense ; nous avons pu
vous ramener à la santé, nous sommes
plus que payés de nos soins.

— Homme généreux ! répéta par
trois fois le comte.

Et il ajouta : J'ai cependant une
proposition à vous faire.

— Mais, reprit-il après un instant
de silence, je vous dois un mot d'expli-
cation sur ma présence en ces lieux. Il
y a treize ans, à pareil jour je jouissais
d'un bonheur aussi parfait que l'homme
peut le rêver ici-bas ; j'étais époux,
j'étais père... Pas de femme plus ver-
tueuse que mon Amélie ; pas d'enfant
plus beau et qui fût environné de plus
d'espérances que mon Gustave... ma
fortune était médiocre ; mais ce n'est
point l'or qui fait le bonheur : que
n'étais-je alors bien pénétré de cette

vérité ; peut-être ne serais-je point
condamné aujourd'hui à d'éternels
regrets !... La promesse d'un riche
héritage m'entraîna aux Indes ; je voulais ajouter au bonheur d'Amélie et de
Gustave, je voulais ajouter à mon pro-
pre bonheur. Mon voyage dura quatre
mortelles années. Quand je revins,
l'hôtel était désert; Amélie et Gustave
avaient disparu... En vain je fis pendant neuf ans les plus minutieuses
recherches... Il y a quelques jours seu-
lement, le hasard, ou plutôt la Provi-
dence, me fit rencontrer, au milieu de
la foule qui tourbillonne dans Paris,
Robert, le vieux domestique du marquis de Z... mon beau-père. Il me dit
que le marquis, soupçonné de prêter les
mains à une conspiration bonapartiste,
avait été enlevé des bras de sa fille au
milieu d'une fête et transporté sans
jugement au mont Saint-Michel ;
qu'Amélie était aussitôt partie pour la

Normandie, espérant revoir son père. Il ne savait rien de plus. Une heure après, je quittais Paris ; le lendemain, au lever de l'aurore, j'étais sur le rivage. Vous savez le reste, mes amis : la ressemblance de votre fils avec mon Amélie a achevé de troubler ma raison déjà fort ébranlée peut-être par les coups funestes qui m'avaient accablé, et par mes longues souffrances.

— C'est lui ! murmura tout bas Mathurine en couvrant son visage avec ses mains amaigries et tremblantes.

Nocolas pâlit légèrement, mais il garda le silence. Il pressentait la proposition du comte ; il voulait éprouver le cœur de son enfant. S'il me sacrifie, se disait-il, il n'est point digne de mon amour ; s'il ne veut point abandonner le père d'adoption, son père ne l'arrachera point de mes bras.

— Je n'ai plus l'espoir de trouver en ce monde ni ma femme ni mon enfant, continua le comte ; mais le bon Dieu semble m'avoir ménagé une consolation en donnant à votre fils les traits de mon Amélie, traits sous lesquels je me plais à me représenter Gustave. Cédez-moi vos droits sur votre Joseph, et, à l'heure même, il devient l'héritier de mon nom, de mes titres, de mon immense fortune...

— Et je quitterais le vieux père pour un peu d'or ! cria Joseph en se jetant dans les bras du vieillard. Et Nicolas Grisbout ne serait plus mon père ! Non, jamais, jamais...

— Je le savais bien ! je le savais bien ! murmura Nicolas en s'arrachant à l'étreinte du jeune homme, je le savais bien que le cœur de mon fils est bon et généreux ! Enfant, d'un mot tu as

payé douze ans de travail, de soins et
d'amour.

Les sanglots suffoquaient le brave
homme ; il fit une légère pause et continua :

— Jamais, mon Joseph, je ne cède-
rai mes droits sur toi à un étranger ;
mais tu n'es que mon fils d'adoption : Si
je te remettais dans les bras de ton
véritable père...

— Mon père ! murmura l'enfant. O
mon Dieu ! mon père qui ne serait point
mort ! je ne serais point orphelin...

— Tu n'es point orphelin, Joseph...

— Gustave !.. Amélie !.. murmura
sourdement le comte.

— Hélas ! hélas ! je ne puis vous
                                    5..

rendre Amélie, cria Nicolas d'une voix pleine de sanglots, Gustave est à vos pieds.

Gustave tombe dans les bras de son père.

.   .   .   .   .   .   .   .   .   .

— Et comment m'acquitter jamais, homme généreux ? dit le comte après les premiers transports.

— Vous le pouvez, monsieur le comte, dit Nicolas en versant de nouvelles larmes ; et, cette grâce, je vous la demande à genoux : permettez que Joseph nous ferme les yeux...

.   .   .   .   .   .   .   .   .   .

Un seul mot :

Le comte Zaniatowski vint habiter la cabane. Pour rien au monde il n'eût voulu enlever aux bons pêcheurs leur fils d'adoption ; d'ailleurs, en baisant le sable du rivage, il baisa le tombeau d'Amélie...

Nicolas Grisbout et Mathurine vécurent de longs jours encore, de longs jours de bonheur.

L'orphelin du mont Saint-Michel continue à marcher d'un pas ferme dans le sentier de l'honneur et de la vertu. On pouvait dire de lui comme du divin enfant de Nazareth : il croissait en âge et en sagesse devant Dieu et devant les hommes.

Aujourd'hui le bon curé de l'humble hameau de P... se nomme Joseph Grisbout ; mais il n'est autre que le comte Gustave Zaniatowski.

# CHARLES ET MARIE.

# CHARLES ET MARIE.

## I

CHARLES et Marie étaient enfants de deux amies. Charles était fils de madame Léonie de Fabian, possédant une grande fortune : à l'âge de quinze ans elle sortit de pension pour épouser M. de Fabian, vieux général de l'Em-

pire, qui mourut quelques années
après cette union. Coquette, frivole,
lancée dans le monde élégant, Léonie
avait oublié la compagne de ses jeux
d'enfance, Marie, sa meilleure amie,
lorsqu'un hasard assez extraordinaire
les réunit.

Deux jeunes enfants entraient dans le
temple de Dieu par deux portes diffé-
rentes, eux qu'une même cérémonie,
le baptême, allait réunir. L'un était
entouré de toute la pompe des grandes
fêtes. Les bedeaux avaient revêtu leur
simarre violette, les jeunes lévites leur
robe rouge ; et des toilettes étincelantes
accompagnaient le jeune enfant tout
enseveli dans des flots de dentelles et
de rubans. C'était le petit Charles.

L'autre enfant fut modestement et
religieusement offert à l'eau lustrale :
personne ne le vit que sa mère, qui lui
souriait d'un doux sourire ; personne

ne fit attention à elle qui, rêveuse,
oubliée, heureuse, laissait couler ses
larmes; mais il y avait tant de joie
contemplative sur ce beau visage, que
ce devaient être des pleurs de bonheur.
L'enfant reçut le nom de sa mère, et se
nomma Marie.

Au moment de sortir, madame
d'Egmont se trompa de porte, elle leva
les yeux sur tout ce luxe qui l'environnait, mais ils se baissèrent aussitôt :
elle avait reconnu Léonie, qui vint à
elle, lui témoigna une joie si sincère
de la retrouver, fit tant d'instances
pour l'engager à la visiter, que la
bonne Marie promit de la revoir.

Marie était fille d'un peintre distin-
gué; elle vit chez son père un jeune
artiste, son élève, Alfred d'Egmont,
qui, malgré toutes les distances qui
existent entre une famille noble et riche
et une pauvre, l'épousa...

Ce mariage contracté malgré la volonté de ses parents, M. Alfred d'Egmont s'en vit renié, abandonné; et le père de Marie ne pardonna pas à sa fille de l'avoir quitté pour entrer dans une maison qui avait humilié sa fierté d'artiste... Il fallut donc penser à se créer une position, un avenir; et ce ne fut qu'après deux années de travail, d'angoisses, de pénibles supplications, qu'Alfred d'Egmont obtint un poste périlleux, mais lucratif, à Alger, poste qui ne lui fut pas longtemps confié, car il mourut peu de mois après son arrivée; et ce fut au milieu de tous ces malheurs que naquit la petite Marie, pauvre ange qui ne devait jamais connaître celui auquel elle devait le jour.

Madame Léonie de Fabian revint voir Marie d'Egmont; soit feinte tendresse, soit véritable affection, elle fut très sensible au malheur de son amie; elle lui offrit de vivre avec elle et d'élever en-

semble leurs enfants, Charles et Marie;
la pauvre mère y consentit, et dès lors
la plus douce intimité s'établit entre
elles. Les deux amies ne se quittaient
plus; en grandissant, les enfants
s'aimèrent bien vite. Les mères mêmes
cherchaient à propager dans leurs
enfants l'amitié qui les unissait. Charles
ne pouvait rester un instant sans Marie,
qui, de son côté, n'était gaie qu'avec
lui. C'étaient les mêmes jeux, les mêmes folies; tout en eux était sympathie.
Ils étudiaient ensemble leurs grandes
lettres dans le même aphabet. A la
promenade ils ne se mêlaient pas aux
divertissements des enfants de leur âge;
ils jouaient ensemble, leur intimité leur
suffisait. Si Charles se rendait coupable
de quelque faute et que sa mère l'en
grondât, Marie faisait une petite moue
charmante et courait vite mêler ses
larmes à celles de son ami. Si Marie
avait du chagrin, Charles était incon-

solable, ou il s'accusait hardiment des sottises de Marie, pour lui épargner une gronderie ou une punition ; et quand tout était pardonné, c'étaient des cris de joie, des baisers, des caresses sans fin ; c'était à qui prouverait le mieux sa tendresse à leur mère. Marie s'asseyait sur les genoux de madame de Fabian, de ses deux petits bras lui faisait un collier, tandis que Charles, en grimpant sur les meubles, parvenait à lui placer une fleur dans les cheveux.

Ce fut au milieu de mille jeux et de quelques études que se passèrent les premières année de l'enfance, rapides et heureuses. Charles venait d'atteindre sa dixième année, et sa mère avait déjà bien souvent manifesté le désir de le placer dans un collége, pour y commencer de sérieuses études ; mais les enfants avaient tant pleuré à cette nouvelle, avaient tant prié qu'on ne les séparât pas encore , qu'elle y consentit. Mais madame de Fabian ayant eu une assez vive discussion avec madame d'Egmont , au sujet de leurs enfants , prit subitement la résolution déloigner Charles d'une affection qui commençait à lui déplaire , en menaçant de grandir encore avec l'âge. Peut-être faisait-elle déjà de brillants rêves pour son fils...

Ce fut donc par un ordre sévère de madame de Fabian que Charles fut conduit au collége, le cœur bien gros de sanglots. Les premiers jours furent passés bien tristement : les heures de récréation, il pensait à Marie, il écrivait sur tous ses cahiers : J'aime Marie; enfin en dormant, il rêvait toujours à sa chère petite amie...

Mais Marie , la pauvre enfant, était restée seule ; elle avait, plus que lui encore , été frappée du départ de Charles ; rien ne pouvait en distraire sa douleur; sa mère essayait de lui en parler;

mais elle se jetait dans ses bras, sans pouvoir retenir ses pleurs. Le soir, dans sa simple prière, elle demandait à Dieu de conserver la santé de Charles, et qu'il ne l'oubliât pas. Cependant les belles couleurs de Marie s'effaçaient de ses joues; elle ne jouait plus, sa grande poupée même était délaissée; elle travaillait avec ardeur; et de rapides progrès attestaient de son courage et de son assiduité à s'instruire. C'est qu'elle avait remarqué le changement qui s'était opéré dans cette maison, et, sans pouvoir deviner la cause de la froideur qui existait entre sa mère et madame de Fabian, elle pressentait un malheur, et elle se disait : Nous aussi, nous partirons bientôt...

Madame d'Egmont avait compris tout ce que l'abandon dont elle était l'objet avait d'insultant. Elle fit ses malles, s'assura d'un appartement, et, profitant d'un séjour de Léonie à la campagne,

elle lui écrivit une lettre froidement
polie, et partit le cœur brisé, en
disant adieu à cet hôtel où elle avait
passé de si heureuses années.

Madame d'Egmont, en prenant
possession de son nouvel appartement,
songea de suite à se procurer du travail.

## II

« CHÈRE mère, qu'as-tu ? lui disait
Marie, assise à ses côtés ; tu es pâle à
me faire peur. Oh ! ne va pas mourir ;
que deviendrait ta petite Marie, si tu
l'abandonnais aussi, toi ? Puis elle
s'assit sur les genoux de sa mère, et
appuyant sur son cœur sa jolie petite

6

tête blonde, elle laissait couler silencieusement ses larmes. Les caresses de Marie rappelèrent madame d'Egmont à elle-même : elle se vit malheureuse avec son enfant adorée, sa résolution fut prise : elle mit sa dernière espérance dans le travail. Il était alors de mode de porter des colliers et des bracelets de velours, des nœuds de soie, des rubans, des fichus. Elle se mit à fabriquer des objets de toilette, puis, en emplissant un carton, elle le remit à Marie, en lui donnant ses instructions.

Marie allait dans les magasins de nouveautés, offrant les chiffons. La pauvre mère suivait son enfant des yeux, jusqu'à ce qu'elle ne l'aperçût plus; puis, revenant s'asseoir à sa table, elle reprenait son ouvrage.

Rarement Marie rentrait sans que son carton ne fût vide. Sa jolie figure tout empreinte de tristesse, ses manières

distinguées d'un enfant bien élevé,
intéressaient tout le monde , et, lors-
que la petite marchande arrivait, on
l'entourait, on la fêtait, on l'accablait
de questions, mais elle répondait
modestement aux interrogations trop
directes, et revenait bien vite , lorsqu'elle n'avait plus rien à vendre.

Un jour, Marie sortit plus triste que
de coutume : elle avait vu pleurer sa
mère. C'était un jeudi : elle portait une
parure de velours chez une dame,
quand , sur son passage, elle vit
un brillant équipage : les chevaux
piaffaient impatients sous la main qui
les guidait; un cocher en riche livrée,
galonné d'or, était sur le siége,
et derrière, un chasseur empanaché.
Marie soupira et jeta un coup d'œil sur
sa petite robe de toile , sur son tablier
de soie noire, et hâta sa marche
pour passer sans regarder dans la
calèche; mais une puissance invincible

y attira ses regards. Mon Dieu ! c'était madame de Fabian, et à ses côtés Charles, son ami, qu'elle n'avait pas vu depuis deux ans. C'était bien lui, c'était bien Charles ; et elle suivit de l'œil la voiture qui l'emportait. Des sanglots étouffaient dans sa poitrine, et ce fut tout en larmes qu'elle arriva chez la dame qui l'attendait, et qui, comme tout le monde, l'avait prise en affection.

— Mais mon enfant, lui dit-elle, que vous est-il arrivé, dites-moi ? Avez-vous perdu vos nœuds, vos dentelles ? Craignez-vous d'être grondée de votre mère ?...

— Oh ! non, madame, ce n'est pas cela, mais j'ai vu pleurer ma pauvre mère, ce matin, et...

— Elle est donc bien malheureuse ?

— Oh ! oui, madame, depuis que

Charles est parti... Charles, que je viens de revoir dans une belle voiture.

— Mais qui est Charles?...

— Eh bien! Charles de Fabian.

— Je connais beaucoup madame de Fabian; est-elle votre parente?

— Non, Madame, c'était l'amie de ma mère...

— Et comment se nomme votre mère?

— Comme moi, madame, Marie...

-— Vous me dites toujours cela, mon enfant; mais votre mère doit avoir un autre nom?...

— Oh! oui, madame; mais elle m'a défendu de le dire...

— Comment, aussi à moi?...

— Je vais vous le dire, à vous, ma-

6..

dame ; maman s'appelle Marie d'Egmont.

— Marie d'Egmont ; Marie !.... Et la bonne dame, ouvrant rapidement la porte du salon, entraîna avec elle la pauvre petite tout émue et toute tremblante, et la jeta plutôt qu'elle ne la déposa dans les bras d'un grand vieillard aux cheveux blancs.

— Tenez, mon oncle, lui dit-elle, embrassez votre petite-fille ; voici l'enfant de Marie, dont vous pleurez l'absence depuis si longtemps...

Et ce fut une émotion, une joie impossible à décrire que le bonheur de ce vieux père. Il balbutiait, il tremblait, il pressait son enfant sur son cœur ; il baisait ses beaux cheveux blonds ; et de grosses larmes sillonnaient ses joues amaigries et ridées. Enfin il put maîtriser son émotion.

— Ma fille, ma chère Marie, où est-
elle? que je la voie avant de mourir.
Merci, mon Dieu, de me l'avoir ren-
due.

Madame d'Egmont attendait Marie
et commençait à s'inquiéter de son
absence, lorsqu'une voiture s'arrêta
devant la porte, et elle entendit un
valet demander son nom. Une horrible
pensée lui vint à l'esprit : Marie n'était
pas rentrée, il lui était survenu quelque
malheur. Sa fille est peut-être mou-
rante.

— Marie! où est Marie? dit-elle au
laquais qui montait chez elle ; et, derrière lui, elle vit son père, dans les
bras duquel elle tomba, en poussant
un cri.

Les émotions de cette journée, jointes
aux privations, à toutes ces mille
peines qui se renouvelaient tous les

jours dans cette pauvre maison, avaient porté une rude atteinte à la frêle et délicate constitution d'une jeune fille de douze ans.

Le soir, une fièvre brûlante se déclara et s'empara de la petite Marie ; on la coucha, triste et accablée ; rien ne put distraire sa sombre mélancolie. Sa pauvre mère s'efforçait en vain d'être gaie, de sourire. Nous sommes heureuses maintenant, mon amour ; c'est toi que Dieu a choisie pour m'apporter tout ce bonheur. Nous irons demeurer à la campagne, chez ton grand-père ; tu auras un jardin rempli de fleurs que tu aimes tant !... Cher ange, rien ne nous manquera plus ; demande-moi toutes tes fantaisies, ta mère les satisfera toutes ; mais sois gaie, ma chère enfant...

Marie baisa la main de sa mère, qu'elle tenait dans les siennes. Une larme qu'elle retenait brilla sous ses paupières... Et Charles, mère, et Charles, je ne le verrai plus, lui !... oh ! non jamais. Et puis, s'entourant des bras de madame d'Egmont, qui ne pouvait plus retenir ses sanglots, elle ajouta : Ne pleure pas, bonne mère, j'irai dans le ciel, et je prierai Dieu pour toi et pour Charles.

Pendant cette longue nuit, elle eut un délire affreux; elle appelait sa mère, et toujours les noms de Charles et de Léonie s'échappaient de ses lèvres.

Madame d'Egmont, désespérée, écrivit à son ancienne amie, et la supplia de lui envoyer Charles,

Madame de Fabian était à la campagne; Charles était parti avec elle; ce ne fut que quelques jours après qu'elle se rendit aux instances de madame d'Egmont, accompagnée de son fils.

Marie n'était plus reconnaissable : pâle, maigre, ses grands yeux bleus étaient brillants de fièvre.

Madame Fabian entra.

Marie se dressa sur son lit : une douce rougeur de joie vint colorer ses blanches joues; elle tendit en souriant ses bras à Charles, mais elle les laissa retomber aussitôt, en poussant un cri déchirant.

Charles était resté froid et immobile; il ne l'avait pas reconnue. Deux ans avaient entièrement effacé Marie de son souvenir; il l'avait oubliée!

On entendit un profond sanglot; puis un silence glacé lui succéda. Marie ne soupira plus, ne pleura plus, l'ange était au ciel : Marie était morte.

FIN.

LIMOGES ET ISLE.

Imprimeries de Louis et Eugène Ardant frères.

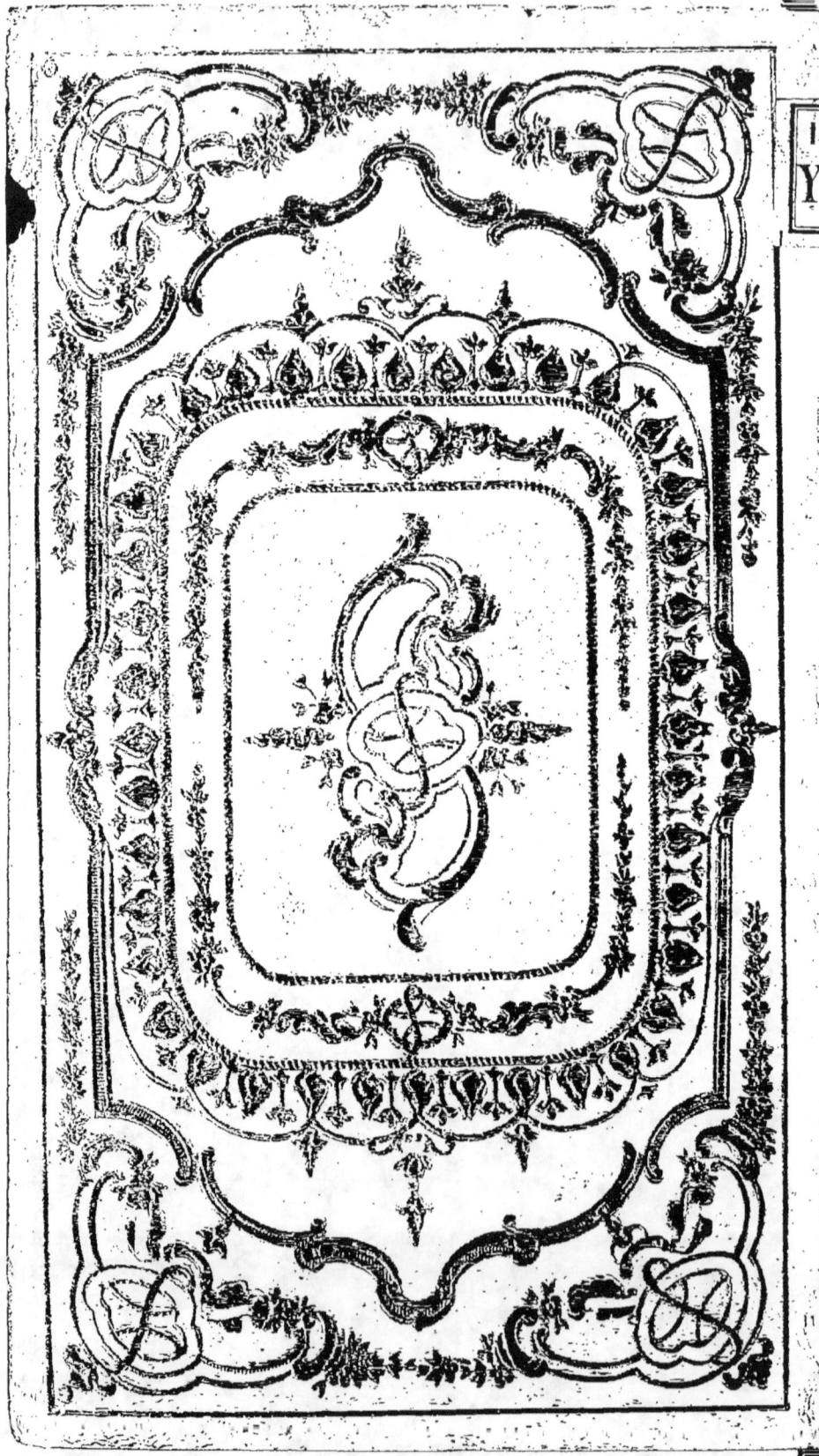

www.ingramcontent.com/pod-product-compliance
Lightning Source LLC
Chambersburg PA
CBHW060841250626
47162CB00005B/2128